지금
부르는
노래

이하형 시집
지금 부르는 노래

2012년 6월 20일 초판 인쇄
2012년 6월 25일 초판 발행

지은이 | 이하형
펴낸이 | 이찬규
펴낸곳 | 북코리아
등록번호 | 제03-01240호
주소 | 462-807 경기도 성남시 중원구 상대원동 146-8
　　　 우림2차 A동 1007호
전화 | 02) 704-7840
팩스 | 02) 704-7848
이메일 | sunhaksa@korea.com
홈페이지 | www.bookorea.co.kr
ISBN | 978-89-6324-188-3 (03810)

값 9,000원

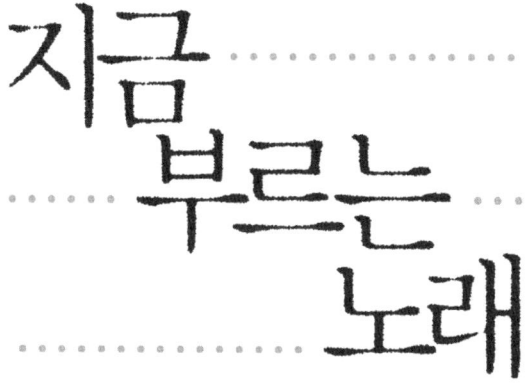

지금 부르는 노래

이하형 시집

북코리아

차례

2

개울처럼
바람소리,
그 울음과 웃음
낚시줄 낚시꽃가는물
오는물 천둥번개 이름
모를꽃 균형잡기 나무
북처럼강(江)눈물괴롭고
성실하고정직함
걷는다그냥가고
있다품고있으면
시소한20에목숨걸다
앞뒤자조(自嘲)
같으나다르나
시루떡그대를
용서함은 말great어,
아니믿어야겠어
어찌할꼬이피할고
말 잊고 잊혀도
이분법 가자
가버리자 흔적
쉬었다가세두려운
것은그냥가야지
나 때문이었다
뒤범벅 다시

개울처럼

무심히 흐르던 물
홀연히 사라지고
바닥 드러낸 개울처럼
갈라져 보여져버린 속내
유유하며 조잘거리던 개울처럼
마음 한편 넘실대던 속삭임
아 언제였던가
아련한 잔상들의 아득한 기억

다시 물 흘러오면
제 모습 찾아가는 개울처럼
그윽함 다시 스며들면
드러난 상처 덮어질 수 있을까

아픔 누구 탓으로 돌리랴

드러났던 바닥 갈라졌던 마음
누구는 기억하겠지
누구는 잊어버리겠지

흘러도 흐르지 않아도
다시 또 흘러오고 흘러가도
모두 보여주고 다시 받아주는 개울처럼
그런 마음되고 싶겠지
누구는
누군가는

바람소리, 그 울음과 웃음

스쳐가는 바람소리
울음이던가
뼛속 깊이 스며들며
온 내장 휘집고 지나갈 때 드는
바람된 생각
휘저어진 칼날에 베어진 상처
뱉지 못해 삼키며 떨어지는
울음의 눈물인가

잡으려는 바람소리
웃음이던가
기름기 흐르는 얼굴
번드레한 피부 도닥거리며
온 몸 둘러싸며 지나갈 때 드는
바람된 생각

승리의 축배 영원한 호사
뱉지 않으려 삼키다 토해내는
웃음의 눈물인가

아아
바람 그 소리에
주는 이와 맞는 이
휘날리며 보이고 있네
그 웃음과 울음

낚싯줄

인생이란 강물에 낚싯줄 드리우니

작은 흐름 큰 흐름

온갖 흐름들

예측도 끊임도 없이

낚싯줄 흔드네

깨끗한 물 혼탁한 물

온갖 물속에

고기 지천이라 하건만

무는 것 허탕 아니면 잔챙이

연신 무겁게 들어올리며

바구니 채워가는 환한 얼굴

그저 담겨져 있는 그늘진 얼굴

낚싯줄 드리움 부질없다던

그대 얼굴 물 위에 떠오르며

중첩돼 비쳐지는 시무룩한 모습 위로

낚싯줄 흐느적 흘러가버리고
어느새 강물 노을 삼키며
당신 이미 그윽이 곁에 있는데
무얼 잡으려 그러느냐고
애써 끌어 올리려는 것
흠뻑 젖은 나이기에
은은한 달빛 낚싯줄 비추며
이제 그만 접으라
가득한 당신 잡으라
말해주며 흘러가네

낚시

언제부터 고기 걸리나

잘 잡는 태공에게 물었더니

낚시는 포인트란다

그 사람과 자리 바꿨는데

나 있던 자리에서 마구 나온다

그 연유 물었더니

낚시는 물때와 손때란다

물놀림 손놀림 맞춰야 된단다

나름대로 열심히 따라 했더니

가끔 잔챙이 올라온다

대어 잡는 법 물었더니

웃으며 나름대로 가르쳐준다

온갖 구색과 준비 갖춰

이제는 됐구나 하고

낚싯줄 드리웠더니

해 기울어버리고
내일은 모든 것
다 바뀐단다
욕심만 남기고
아니
모든 것 똑 같은데
욕심만 커진단다

꽃

가지 위에 맺힌 꽃망울

조금씩 얼굴내밀 듯

마음 때 되면

조금이나마 보여줄 수 있을까

천천히 하나하나 벗어던지는

그 줄기의 그 꽃

그 마음의 그 모습

누가 알아주기 바라리

그저 때 되면

가진 것 버리고

속살 조심스레 보이듯

때 되면

생각 버리고

뽀얀 마음 보일 수 있을까

핀 꽃 그를 대표하듯

보여준 형상 그를 말하는 거겠지
꽃 떨어져도
때 되면 다시 피어오르듯
내밀어본 마음 사그라져도
다시 보일 수 있을까
피어나는 꽃처럼
때 되면
아니 때 기다리면

가는 물 오는 물

가는 물 따라 인생 가고
오는 물 따라 인생 오네
가는 물
가기 싫어 꿈지럭거리고
오는 물
어서 오려 달음질치네
그냥 가고 오는 것인데
한 이에게 멀어져가는 물
다른 이에게 다가가는 물
사라지는 물 회한이던가
달려오는 물 설레임이던가
오는 물 역시 가야할 물
가는 물 역시 왔던 물
안타까우면서 개운한 것은
가는 물 오는 물

어차피 가버리고 와버리고
함께 했던 모든 것
물처럼 사라진다 해도
흐름 계속된다는 것
때문이네
순간에서 순간으로 가고 오지만
끝없이 이어진다는 것
때문이라네

천둥번개

천둥번개 무서워
안방으로 치닫던 시절
벼락 소리 날카로운 섬광
비수되어 꾸짖고 있었기에
머리 이불에 박고
잘못한 것 헤아리며
용서 빌던 세월

어느덧 천둥번개
아이 내 품에 들어오게 해
등 토닥거리면서
애써 의연한 척 하면서도

인간이 내는 천둥번개에
깜짝깜짝 놀라

움츠리며 몸부림치고

어떻게든 그 순간 피하려

숨을 곳만 찾아드는

한심한 모습

보여지는 자신

더 싫어지고

그러는 작태(作態)

더더욱 싫어지고

아이 손 어루만지며

한숨 허공에 날리네

이름 모를 꽃

길가 어설프게 엉기성기 핀
이름 모를 꽃들
언뜻 보여지는
무언가 있는 듯한 모습
잠시 길 멈추고 되돌아
고개 숙여 하나하나 보니
그 개체들
모양도 색깔도 크기도 제각각
아주 사소하고 부질없는 것들
게다가 쳐다보는 곳 각기 다르고

내려놓은 생각
갸우뚱한 고개에 남겼지만
무언가 남은 미련
몇 걸음 가다 뒤돌아보고

떨어져 한동안 보고 있노라니
보여주지 않으려 하는데도
살며시 서로 어우러지며
그대로의 모습 조용히 드러내지는
무리지은 이름 모를 꽃들

하나하나 보잘 것 없는데
조금만 떨어져 봐도
어설프게 보여지는
무언가 다른 모양새
눈썹 찡그려보지만
어우러진 나름의 질서
자연스러움과 평온함 주는데

오히려 제색만 내려
치장에만 열중하고
제색 죽여
무리와 어우러진 색
내려하지 않는
못난 그 누구
이름 모를 꽃 보는
떨구어진 고개
제자리 찾지 못하고 있네

균형 잡기

삶은
마구 흘러대는 물 위에서
제 모습 지키려는 균형 잡기
앞에서 몰아치는 거친 파도
옆에서 닥쳐오는 험한 풍파
뒤에서 달려드는 모진 물살
삼켜지고 빠지고 허우적거리며
원래 모습 찾아가기
흐르고 솟구치는 물
언제 어디서나 부딪치는
세월의 파편일 뿐
그저 그 자리에 있는데
단지 쉼 없고 무쌍한 흐름에서
애써 바동거리며 헤쳐 나가도
원래 자리

있던 모습에서
튀는 물 진탕 뒤집어쓰고
자꾸 뽀해지며
제 모습 보여져가는
삶은
흐르는 물 위에서
제 모습 찾아가는
균형 잡기

나무

작은 나무 큰 나무
잔뜩 폼 내는 나무 수더분한 나무
백년된 나무 일년된 나무
각기 자리에서 자기답게 있는 나무
같은 종 제각기 다르고
다른 종 더더욱 다르고
다르면서도 같이
자신 있고 꿋꿋하게
그 자리에 있는데
주어짐 시비 없이 모두 받으면서
미련 없이 있는 것 다 주는데
나무는 모를 거다
알면서 모른 체 하는 거다
있는 그대로 묵묵히
주기만 하는 것을

뭐 하나 주지 않으려
손 뒤로 감추고
하나 더 받으려
손앞으로 내미는 나
나무는 알거다
모진 바람에도 웃음 날리며
깊게 묻은 뿌리 속에서
알고 있을 거다
나의 알량함을

북처럼

제대로 맞지 않으면
제소리 올바로 내지 못하고
치는 이나 맞는 북이나
몸서리 더 쳐지는
북처럼
마음 한 대 맞았을 때
찢어지는 아픔의 전율
안으로 창 숨기면서
겉으로 쓴 웃음 보내는 건
제대로 맞지 않아서일까

한복판 정통으로 맞아야
안으로 품어 안는 쓰라림
밖으로 전해지는 은근함
제소리 제대로 내는

북처럼
마음 한복판 정통으로 맞아
깊어지는 상처 있는 대로 받아드리고
그만큼 우러나오는 은은한 미소
때린 이의 심장까지 전해지도록
퍼져나가게 할 수 있을까

강(江)

강 좁아지면
급해진 흐름에 물 마구 튀듯
도량(度量) 좁디좁아
고약해진 성질
어디로 튈 줄 모르네

강 넓어지면
모두 감싸 안으며
포근하고 평온해지는 흐름

언제 마음 넓어져
여기저기서 흘러들어오는
실개천 유유하게 하고
섞이고 몰아치는
온갖 물 튀김

모두 안에 담아
은은한 달빛 품어 안고
들리는 듯 들리지 않는 듯
흐르는 듯 흐르지 않는 듯
그런 강 될 수 있을까
언제 마음 열어젖혀
언제 그 알량한 도랑 넓어져

눈물

흐르는 눈물

흐르지 않는 눈물

그만의 사연 그만의 역사

마음에 갇혀

강둑된 응어리

허물며 떨어지는 것

흐르지 않아도

멈춰 메마르더라도

눈물

떨어지는 자국

가슴 깊이 새겨지는 흔적

누군들 눈물 보이고 싶으랴

누군들 마음 터짐

보여지고 싶으랴

그래도 흐르는 눈물

마음으로 떨어지며
회한 새겨놓지만
아파지는 마음
조금씩 굳게 하여
그 다음 눈물
조금 덜 스며들겠지

괴롭고

싫어하는 사람 생기면
미워하는 사람 생기면
보면 괴롭고
괜스레 자신도 싫어지고 미워지고

좋아하는 사람 생기면
사랑하는 사람 생기면
못 보면 괴롭고
괜스레 자신도 좋아지고 사랑스러워지고

이를 어찌하나
싫어하고 미워하고
하는 마음
자주 생기는 것을
좋아하고 사랑하고

하는 마음
자주 생겨나지 않는 것을

그러니
보면 괴롭고
못 보면 괴롭고
그런 마음
자주 생기니 괴롭고
자주 생기지 않으니 괴롭고

성실하고 정직함

성실하고 정직하게 살았다
혼자서만 그런 것 같아
아픈 가슴 껴안고 머리 박는다
알면서도 당하는
바보 같은 꼬락서니에
혼자 화풀이라도 해야 하는 걸까
차라리 세상 내 마음 같지 않다
돌려버리며 위안 삼을까
성실하고 정직하게 살았단 말
손바닥으로 해 가리기
부끄럽단 말조차 치졸하다
온전히 성실하고 정직하였는가
상당부분 그랬다 할 수 있는가
아니 조금만이라도 그러했는가
뱉어내보니 파편조차 없는

성실함과 정직함 갖고
어찌 남 탓 돌리려 열중하고
합리화에 자신 도취시키는가
차라리
성실하고 정직하게 살지 않았다고
만연된 비양심에 대고 말하면
남아 있을 지도 모르는
양심의 조각이
졸린 눈 비비고 기지개켤 수 있을까
혹시 행여나 그래도 있다면

걷는다

주어진 운명 애써 반발하며
미련의 속살 더듬으며
참회하는 척 회한하는 척
표정지은 마음 휘저으며
걷는다
살아 움직이는 운명과 미련
스치듯 건드리면 더욱 기승부리고
아아 순간순간
어디선가 날아든
대책 없는 럭비공
그럴수록 더욱 처참해지는 현실

누구이던가
넘치는 허황된 생각
부족한 능력

따르지 않는 노력
더불어 도가 없는 애욕
가득히 채비 갖춰
똑같이 과거로 걷고 있는 자
아무 것도 하지 못하며
운명에 미련만 남기는 자
걷는다
의미도 모르면서

그냥 가고 있다

그냥 갔다

로마 병정의 획일화된 걸음

어디로 가는 길인지

어떤 모습 길인지

주위의 풍광 어떤지

여유와 생각 없이 그저

그냥 갔다

뭐가 가니까 뭐도 가는 모양새

숙인 고개에 창피함 스쳐가곤 하지만

그래도 가야만 하는 줄 알고

무작정 그저

그냥 갔다

쉬지 않고 가니

지치고 만 심신

숨 호흡하며 잠시 주위 돌아보니

본래 가려한 자리에서
너무 멀리 와 있었다
오히려 지금 이 자리
내 자리라 주장되고 있었다
그냥 갔는데
그러면서 다시 또
그냥 가고 있다

사소한 것에 목숨 걸다

그 알량한 족적은
필요할 때 하지 않고
필요 없을 때만 하였다
큰일은 모른 척 하고
작은 일만 찾아 열중했다
말하지 않아야 할 때 하고
말해야 할 때 하지 않았다
행동하지 않아야 할 때 하고
행동해야 할 때 하지 않았다
주지 않아도 될 때 주고
주어야 할 때 주지 않았다
받지 않아야 될 때 받고
받아야 할 때 받지 않았다

일상이 불일치 불연속

어쩌면 그리도 절묘하게
타이밍 못 맞추고
눈치까지도 없나
그런 줄 알고 있다 하면서도
타성에 빠진 품새
바꾸지 못하는 소심함
스쳐가는 미풍에
나뭇잎 흔들거리며
잔뜩 긴장하여 움츠리곤
다시 사소한 것에 목숨 걸다

품고 있으면

세상은 우리
텃새도 철새도 동물원 원숭이도
거대 왕국 건설한 제왕도
쌓고 설정한 경계에 갇혀
쳇바퀴 돌고 있는 것
조금 다른 건 단지 그 반경
모두들 더 가려고 발버둥치지만
더 이상 어디를 더 가리
결국 갇혀있는 것을

가면 와야 되고
오면 또 가봐야 되는 것
그러니 미련스런 왕복걸음
눈으로 확인하려 가슴 조리지 말고
마음에 집어넣고 눈 감으면

여기에서 오고가는 것
온기 품은 가슴 열면
굳게 쌓은 철책 경계
의미 무너지며 사라지고
허물어진 우리 넘어
웃으며 손짓하는 따스함
가득히 넘실대며 퍼져가겠지
쌓지 말고 열면
그리고 품고 있으면

앞뒤

보이지 않는 곳에서 칭찬해 줄 사람
뒤에서 그래도 괜찮다 얘기해줄 사람
몇이나 있을까
면전에서 하지 못하고
그 없을 때 쉽게 꺼내지는 말
뱉어지는 순간
나 없을 때
다른 이들 바로 그렇게 나를 말하지
잘 나갈 때
앞에서 듣던 온갖 미사여구
뒤에서는 손가락질되는 줄 모르고
못 나갈 때
앞에서의 무언과 보이는 굳은 표정
지난 시절 회한되어
더 날카로이 폐를 찌르고

앞에서의 따끔하고 떨떠름한 표정

거슬림에 눈살 찌푸려지지만

자꾸 뇌리에서 반복되는 그 언행

내가 그런 사람일까

그렇지 않아

그래도 그러니 그럴 거야

당분간 시간 지나면

나쁜 심기 수그러지며

고개 끄덕여지곤 하는데

문제는 늦었다는 것

상처 나야 아픈 걸 안다는 것

칼 숨겨진 질타의 말도

잘나갈 땐 달콤하게 들리니

'잘 나갈 때 더 조심하라'는 경구

왜 몰랐을까

아무 것도 아니었으면

아무 말도 듣지 않았을 것

아무 말 하지 않았으면

아무 것도 없었을 것

허나

어떻게 아무 것도 없게 할 수 있나

찬 강물에 온몸 적셔져도

깨달음 너무 벅차고

어금니 꽉 깨물어지는데
더 담가져야 하나
차라리
입 듬성듬성 바느질로 꿰매
아주 적은 말 나오게 하고
그 말도 일치되게 하자
다짐하는 순간
벌써 바느질 터지고
앞뒤 다른 모르는 말들
기다렸다는 듯
마구 달려 나오고 있네

자조(自嘲)

믿었던 사람 등보고
소주 한 잔 기울이며
'카' 하는 소리와 함께
머금은 애환 뱉어내면
그 소리 자조(自嘲)되어
한낱 모래성이었던
아집(我執)
일순간에 허물어지고
그 사람
흘낏 뒤 한 번 돌아보는
측은한 눈
남은 게 무엇이던가
그래도 마음 그렇지 않다
처음 그 맘 그대로이다
하는 말 입가에서 삼켜지고

멀어져가는 등보며

자조(自嘲)함

흔적 잃어가는 모래성 옆

허물어져 가는 그림자

지워지고 있네

같으나 다르나

그리움 같으나 그리워함 다르고
미움 같으나 미워함 다르고
사랑 같으나 사랑함 다르고
마음 같으나 마음 씀 다르니
같은 것이
왜 자꾸 달라질까

기다려보세
한 박자 늦춰보세
그래도 다르면
아무 생각 말고 그저
처음으로 다시 돌아가세

그리움 그냥 그리워하고
미움 그저 미워하고

사랑 마냥 사랑하고
마음 그대로 마음 쓰면
같으나 다르나
다르나 같으나
의미 찾아도 의미 없으니
있는 대로 가는대로
놓아주시게나
그냥 살아가시게나

시루떡

즐거운 일 자꾸 생기면
웬만한 즐거움 즐겁지 않고
더 큰 즐거움 와야 즐거워지듯
괴로운 일 자꾸 생기면
괴로움에 둔감해져
더 큰 괴로움 와야 괴로워질까
더 큰 즐거움 찾아들수록
이전 즐거움 희미해지는데
괴로움 찾아드는 것마다
차곡차곡 쌓여져가기만 하니
어차피 피치 못할
즐거움과 괴로움
마음을 시루삼아
떡으로 만들어볼까
괴로움 즐거움 마음에 켜를 안쳐

번갈아 쌓고 쪄서
잘 익어 따뜻할 때
썰어 그 맛보면
시루 크기 깊이 따라
쌓여진 두께 따라
즐거운 맛 배증되고
괴로운 맛 배감되는
그런 떡
만들 수는 없을까
마음 시루 속에

그대를 용서함은

그대를 용서함은
그대가 받는 면죄부가 아니에요
왕가뭄에 갈라진 논바닥된 마음
용서의 물 틈새 메어주어
예전처럼 돌아간 것으로 보여도
그 아래 마음도 그러할까요

그대를 용서하면
그대가 가졌던 생각
거기에 따라온 행동
한동안은
가뭄에 말라버린 풀처럼
시무룩해 질 수 있겠지만
뿌리까지 송두리째 캐버리지 않는다면
용서란 비로 인해

다시 기승부릴 수 있겠지요

그대를 용서함에
아픔 다소 지워지고
흔적 가끔 서로를 흔들어도
용서하기 이전부터 이미
그대와 나 있었으니
용서는 서로에게 하는 것이에요

그러면 그대와 나 사이
조금이나마 남은 미련의 씨
조금이라도 움터
처음처럼 피지는 못할지라도
그래도 다소는 위안 삼으며
냉소 아닌
옛사랑 그리는 웃음이라도
지울 수 있겠지요

못 믿겠어, 아니 믿어야겠어

세월 꿈같단 것 믿지 못 하겠어
시간 헛되단 것 더더욱 못 믿겠어
세월이 존재 묻어버린다면
시간이 가치 소멸시켜버린다면
당신과 함께 한 세월
그렇게 꿈같은 존재되어
당신과 함께 한 가치
그렇게 헛된 시간되어
묻히고 사라져야 하는데
흘렀지만 흐르지 않고
지나갔지만 지나지 않은 채
더욱더 부릅뜨고 버티고 있으니
세월 꿈같단 것 시간 헛되단 것
이젠 정말 못 믿겠어
아니 더더욱 못 믿겠어

세월 꿈같단 것 믿어야겠어
시간 헛되단 것 더더욱 믿어야겠어
꿈같고 헛된 것 아니라면
당신과 함께 한
모든 시간 모든 세월
꼼짝 안하고 그 자리에 있어야 하는데
당신 그대로이고
나 혼자만 저 만큼 가버렸으니
세월 꿈같단 것 시간 헛되단 것
이젠 정말 믿어야겠어
아니 더더욱 믿어야겠어

어찌할꼬 어찌할꼬

머리 비우면 생각 사라지고
없어진 생각으론 걱정할 틈 없을텐데
그래도 자꾸
생각이 걱정 일깨우니
걱정하는 생각 보내려 해도
남아 머리 흔들고 있으니
어찌할꼬 어찌할꼬

그래서 생각한
비우는 연습
허나
이미 든 생각으로
비려는 마음 도로 채워지니
벌써 생각 자리하고 있으니
어찌할꼬 어찌할꼬

그 생각조차
그 마음조차
어떻게 비우려는지
알지 못하고
알려 하지 않고
어쩌면 비우지 않고 채우려
온갖 애쓰고 있으니
어찌할꼬 어찌할꼬

말

말하는 것
배우려 그리도 애쓰면서
말하지 않음
왜 그리도 인색한가
이해와 공감
말해서 더 잘 얻어질까

말 안하면
몰라줄까 두려워
어떻게든 말하려 하지만
하는 순간 후회 바로 따라오고
말하면 또 다른 말 낳고
자꾸 말하면 채워질 줄 알았는데
어딘가 더욱 비어져가며
스스로의 함정에 빠져들어 가고

말한 만큼 더 얻을 수 있나
말한 만큼 더 잃어버리나
말해서 대세 바꿀 수 있나
차라리 말하지 않으면
답답하지만 뭐라고 할 사람 적어지는
그런 따분한 일상 고립된 자신에
알맞은 모습 천천히 찾아 들며
그러면서 마음도
조금씩 편안해지겠지

잊고 잊혀도

잊는다고 잊을까
잊는다고 잊힐까
잊히면 잊는 걸까
잊혀져버려야 잊어지는 걸까
아니면
잊고 잊히는 것
따로 있을까

잊고 잊혀도
서운해 하지 마세
있어도 잊어지고 또 잊혀지니
잊어지고 잊혀져도 또 있으니
원래 있는 것이니

있는 그 자리 하나

마음에 그냥 두시게나

잊고 잊혀도

마음 있으니

이분법

만남과 이별
행복과 불행
사랑과 미움
빛과 그림자
그리고 수많은 둘로 나누기
어릴 적 본 영화에서
좋은 나라 나쁜 나라 가르듯
나는 좋은 전자에 두고
다른 이 나쁜 후자로 몰아가려 하지만
알면 알수록 난 후자
전자라 우겨댐이 혼자만의 아우성임은
그림자처럼 붙어있는 후자로 입증되고
하나 둘로 나눈
모든 것들 연속된 하나
단지 무엇이 앞이고 뒤인 줄

모르는 것일 뿐
나만 전자인 척 하려 하지만
바로 따라오는 후자
뒤가 앞인데
행동은 누가 하고
그저 전리품만 챙기려 하는
못된 속물
그러니 후자로 귀결됨은
당연한 결론

가자 가버리자

가자 가버리자
누군들 가고
가버려지지 않으리
가지 않으면
가버려지는 것
가버려지지 않으면
가지 않는 것
가면 잊을까
가버려지면 잊을까
아니
가면 가버려지면
잊혀질까

문지방 너머의 회한
철문으로 꼭꼭 닫아

커다란 자물쇠 꽉꽉 채우고

그 열쇠

무심의 연못에 던져버리고

가자 가버리자

잊자 잊혀져버리자

혼적

잠시 스치는 바람에 실린

흔들리는 어떤 존재함

시간의 크기와 관계없이

있음으로 해서 남기는

여운과 혼적

누구나 아는 영웅들의 족적

누구만 아는 민초들의 아련함

천년된 고목의 역사

오늘 살다 스러진 하루살이 운명

어느 것 혼적 없으랴

수레바퀴 뒤에 자국 남듯

자국에 울음 따르듯

그 자국 세월에 쓸려 없어지듯

하나의 날숨과 들숨

순간적으로 없어지듯

하지만 그래도 남는

여운과 흔적

어찌하리

짓누르는 흔적 남기기보다

여기저기 날아다니다

마음에만 살며시 쌓였다가

휘 불면 다시 날아가

어디엔가 슬며시 내려앉은

깃털 같은

그런 흔적이었으면 좋으리

쉬었다 가세

가끔은 뒤돌아보고
한번쯤은 하늘을 보세
뭐에 그리 쫓겨
오로지 앞만 보고
그토록 바동대며 내달리는가
세파 헤쳐가야 한다는 초조함이
발 더욱 빠르게 내딛게 하는가
더러는
알아도 모르는 체
모르면 그저 그런 체
적당함으로 잠시 머무르고
숨 가쁘면 숨 호흡하고
다리 아프면 잠시 쉬어
막걸리 한 잔 기울이며
쓴맛 단맛 느껴보시게

그동안 왔던 길 되돌아보고

헝클어진 머리와 옷자락 가다듬어보고

다시 달음질칠까

가다가 다시 쉬어갈까

아니면 그냥 이대로 있을까

잠시라도 생각하며

가던 길 잠시 멈추고

움직임 마음에 잡아 놓고

쉬었다 가세

두려운 것은

없어지는 것보다
더 두려운 것은
변하는 것
당신과의 이별보다
더 두려운 것은
당신 바뀌는 것

없어져 잊혀짐도 두렵지만
있으면서도 변하는 것
더 두려우니
아니 기실도 더더욱 두려운 것
내가 변해가는 것이니

변함이 없어지는 것보다
더 두려운 것은

사라지면 뵈지 않고

변하면 보이기 때문일까

뵈지 않으면 놓아도 되고

보이면 놓지 못하기 때문일까

그러니

변함 두려워지며

그렇게 갖게 된 두려움

더더욱 두려워지네

그냥 가야지

잊는다 잊혀질까
잊혀진다 잊을까
그냥 가야지

잊는다 생각하면
더욱 생생히 떠오르니
있는 그 모양새
마음 어느 자리에
그대로 걸어두고
그냥 가야지

그 모습 먼지 쌓여갈수록
아팠던 마음 희미해지겠지만
정지한 사진 품고 안고
그냥 가야지

간신히 남은 모습

툭 치면 사그라지는

그 때까지

그냥 가야지

나 때문이었다

모든 문제의 근원

나였다

생각 바뀌면 마음 바뀔까

아니 마음 바꿔 먹으면 생각 바뀔까

생각 그게 아니라고 생각한 걸까

애당초 마음 그랬던 걸까

나 그대로인데

다른 이들 바뀌어

그렇게 된 것이라

힘들게 위안 삼아야할까

하지만 모든 것 당초

나 때문이었다

존재감 없음 알고 있었지만

그래도 무작정 뽐내고 싶었다

욕(慾) 부리니

욕(辱) 뒤따르나보다
버려도 따라오니
아니 버린다 하면서
버리지 못하는
모든 것
나였다
나 때문이었다

뒤범벅

버린 것 떠올리며
버리지 못한 것 생각한다
못한 것 떠올리며
하지 말아야 했을 것 생각한다
무엇을 버리고
무엇을 버리지 못했나
무엇을 하지 못하고
무엇을 하지 말아야 했나
손쉽게 버렸지만
버리지 말아야 했을 것
버리지 못했지만
버려야 했을 것
하지 못했지만
해야 했을 것
하지 말아야 했지만

하고 만 것

마음과 생각과 행동

회한의 그릇에서 뒤범벅되는데도

또 다시

범벅에 꽂은 저(箸)라

다시

다시 울지 않으리
다시 웃지 않으리
다시 하지 않는다 맹세하곤
다시 울고 다시 웃고
다시 또 하는 그 행태
한심함과 의지 없음의 극치
어떻게
다시는 다시 하지 않을 수 있을까

냉철한 의지
한잔 술에 스러지고
냉정한 맹세
달콤한 입맞춤에 사라지니
냉철과 냉정 가당치도 않고
의지와 맹세 아예 없는 것일테니

그러면서

울고 웃는 빈도 점점 줄어들고

그래서

뜨거운 마음 점점 식어가니

다시 울고 웃으면

다시 또 다시 하면

가득한 온기

마음에 찾아오려나

다시

퇴고(推敲)

그런 친구 있었으면 좋겠다

당신이 불어온바람 지금부르는

우리만의　　　　　노래미움과

인연과연인　　　　　사랑 아직

그리고애증　　　　　여기에 있다

그냥두세요　　　　　또 다른 나

　　　　　　　　꽃으로 살고

　　　　　　　싶었다 당신

　　　　　　있었다 이미

　　　　　있었다 없으면

　　　　있으면 어디

　　　그런날 있었으랴

　　그런친구있었으면

　좋겠다 당신못됨이

잘됨보다먼저

떠오르는 건

육바라밀(六波羅蜜) 일주문 언덕에 올라

누구나 얘기하지 당신 눈에 비친 내 모습은

사모곡(思母曲) 휘파람 일장 일상 그리고

우리만의

당신 눈에서
당신 마음 읽었고
내 눈에서
내 마음 읽혔네
눈빛으로 주고받는
강렬하지만 부드럽고
냉철하지만 온기 가득하고
순간이지만 영원한
눈빛의 마음

당신과 내 마음
날실과 씨실되어
우리만의 무늬
우리만의 색깔
우리만의 역사

차근차근 만들어갑니다

우리만의

당신이 불어온 바람

그때 그 순간 당신 불어옴은
뜻 주고 가는 바람(意風)이었네

또 다시 당신 불어옴은
따스함 가득한 바람(熱風)이었네

그래도 당신 불어옴은
한결같이 있으라는 바람(常風)이었네

당신 불어오고 불어오고 불어오고
그래서 맺어야할 바람(緣風)이었네

오로지 당신만이 불어주는
부드럽고 달콤하며 때론 날카로운
그리고 강하고 약하고 때론 방향 주는

바람

있으라는 바람(存風)이었네

깨달음 주려는 바람(覺風)이었네

당신이 불어온 바람

어느새 내 바람되면

바람 없는 바람

바람 있는 바람되어

마음으로 불어오는 바람(心風)되겠지

인연과 연인 그리고 애증

애증(愛憎) 살아 있나봐

살아서 휘젓는가봐

아무리 버리려 해도

방금 떠나보낸 인연

생각할수록 돌아와 붙듯

방금 헤어진 연인

보고 싶어 고개 돌리듯

다시 휘감아 도는데

당신 있어

인연이고

당신 계속 있어

연인인데

그 인연과 연인 흐리게 하는

허우적거리는 애증

지킬 수 있다면(持戒)

참을 수 있다면(忍辱)

당신과의 인연

당신이라는 연인

그리고 꿈틀거리는 애증

제자리 잡게 할 수 있을까

그 자리 그 근처라도

조금이나마

맴돌게 할 수 있을까

그냥 두세요

스스로 설치한 우리에 갇혀
혼자만의 삶 지내는 것
나무라지 마세요
자책하며 욕됨 견딘다 함에
뭐라 하지 마세요
그러지 말라 저렇게 하라
하지 마세요
갇혀짐 속에서
저녁노을 걸린 산등성 보며
왜 슬쩍 웃나 묻지 마세요
좋아해도 좋아한다
싫어해도 싫어한다
말 못하고 살피는 눈치
왜 그러냐 하지 마세요
내게 있어 당신이 무어냐

찾아내려 하지 마세요
그저 있는 것이기에
그냥 그대로
당신이란 우리 속에
갇혀있게 해 주세요
그 안에서 발길이 마음이
어디로 가던지
그냥 두세요
어차피 당신 안에
들어 있잖아요

퇴고(推敲)

새는 연못가 나무에서 잠자고

〔조숙지변수(鳥宿池邊樹)〕

스님은 달 아래에서 문을 민다

〔승추월하문(僧推月下門)〕

민다와 두드린다

추(퇴)(推)와 고(敲)

아무리 고민해 보아도

어느 하나 버릴 수 없어

한유(韓愈)의 권고로

추(퇴)로 정한

당나라 시인 가도(賈島)

그런 고심 끝에 나온 옥고

퇴고라 한다는데

미는 게 더 적절할까

두드리는 게 더 적합할까
미는 문
조용함 속 은밀한 살멋함
두드리는 문
고요함 속 은은한 목탁소리
차라리 두드리며 밀어야 하나
밀며 두드려야 하나
그 어느 하나 어찌 버리리
그러니 퇴고리라

당신 마음 미는 것 좋으리
두드리는 것 좋으리
당신 조용할 때 밀고
당신 고요할 때 두드리라는
아니 밀면 조용해지고
두드리면 고요해지는
퇴(推)와 고(敲)

이젠 당신 마음
슬쩍 밀어보리
슬쩍 두드려보리
그러면 당신 마음
조용히 내 맘 밀어주고

고요히 내 맘 두드려주겠지

그러다 언젠가

당신과 나

퇴고될 수 있겠지

그런 친구 있었으면 좋겠다

어스레한 저녁
강처럼 흐르는 친구 있었으면 좋겠다
능선만 보인 채
더 짙은 모습으로
산처럼 항상 그 자리에 있는
그런 친구 있었으면 좋겠다

밝아오면 강물 흐르고
시시각각 산 모습 바뀌고
그래서
저녁시간
그대로 있지 않으면서도
그대로 있는
강 그리고 산 같은
그런 친구 있었으면 좋겠다

그 강 그 산
어찌 그대로일까
아련한 상처 속으로만 감추면서
휘감아 흐르며 포근히 감싸고
눈감아도 떠오르며
미소 안으로 감추려 하며
보일 듯 말 듯한
강 그리고 산
그런 친구 있었으면 좋겠다

지금 부르는 노래

엄동설한에 부르는
얼어붙은 폭포의 봄노래
기다림이던가

춘삼월에 부르는
꽃다운 아가씨의 여름노래
아쉬움이던가

성하의 한복판에 부르는
짙푸른 잎새들의 가을노래
부질없음이던가

노을지는 언덕에서 부르는
영그는 것들의 겨울노래
인고(忍苦)이던가

아 지금 부르는 노래

지나감에 안타까움이던가

다가옴에 설레임이던가

바뀌고 있어도

바뀌는 것처럼 보여도

있는 것 그 자리에

있는 것이라

당신이 전해주는

지금 부르는 노래

아직 여기에 있다

모두들 저만큼 가고 있는데
왜 아직 여기에 있나
인연은 이미 서산으로 기울어
넘어가 버렸는데
미련의 게슴츠레한 눈 비비며
아직 등선 바라보고 있나

다 지나간 것
아니 다 두고 오는 것
다들 저만큼 가고 있는데
다들 저 뒤에 남겨두었는데
왜 아직 여기에서 서성대나

모든 것 가는 것인가
모든 것 남는 것인가

아니면
가도 남는 것이 있나
탈색된 내 눈에만 다르게 보이나

얼마나 더 가버려야
얼마나 더 지나가게 두어야
그리고 얼마나 더 뒤에 남겨야
자리 털 수 있을까

하지만 모든 것
다 가버린다 해도 지나간다 해도
당신의
따스한 손길
가득한 눈길
품어주는 마음
있는 이 자리
아직 여기에 있다

당신 있었다

지친 걸음 걷고 걸어
쓰러질 듯 떠밀려온 패전의 뒷자리에
어깨 두드려주는
당신 있었다
힘찬 걸음 뜀박질하며
날뛰듯 한숨에 닿은 승전의 앞자리에
샴페인 뒤로 감추는
당신 있었다
빛 보이지 않는
암울함의 기나긴 터널 속
묵묵히 작은 횃불 밝혀주는
당신 있었다
태양 작열하며
환대란 우리에 갇혀 있을 때
털고 나오라 귓속말 전해주는

당신 있었다

꼭 뭔 일 있어야

당신 있음 확인되나

항상 있는데

나 있어 당신 있음 아니라

당신 있음에 나 있는데

그런 줄 알고 있으면서도

나 있어 당신 있다 하는

그런

당신 있었다

또 다른 나

내 안의 또 다른 나

생각 속 또 다른 생각

얼마나 많이 도사리고 있나

그러지 말자 하는데도

또 다른 나 날 끌고간다

또 다른 생각 생각해버린다

화내고 원망하고

그러면서 후회하고

그러면서도

또 다른 나

또 다른 생각 등장해

어디론가 데려다 놓는다

낯선 곳 깜짝 놀라 두리번거리면

어느새 다른 자리

돌아보면

애욕이었던 것을
회한 바로 따라오는 것을
알고 있다 하면서도
또 다른 나
또 다른 생각에
끌려가는 나
그 모습 뒤로
또 다른 내가 뒤따른다
아니 앞장서
저만큼 가고 있다

없으면 있으면

생각 없으면
들어도 못 듣고 보아도 못 보고
그래서 차라리
머리 쓸 일 없는 걸까
없으면 그러해질까

생각 있으면
들어도 잘 듣고 보아도 잘 보고
그래서 더더욱
머리 아픈 걸까
있으면 그러해질까

허나 어찌
없게 할 수 있으리
또 있게 할 수 있으리

그러니
없으면 없는 대로
있으면 있는 대로
생각 슬쩍 올려놓고
그대로 가게 두면
어딘가는 닿겠지
당신 있는 자리라면
더더욱 좋겠지만

미움과 사랑

미움 큰 일 아니었네
버리면 되는 것을
당신은 두고
미움만 보내면 되는 것을
그러니 미움
큰일 아니네
버리면 비워지니
미움 큰 일 아니니
버려야겠네

사랑 큰일이었네
버리면 안 되는 것을
나는 두고
사랑만 보내면 되는 것을
그런데 사랑

큰일이네

보내도 마음에 쌓여지니

사랑 큰일이니

보내야겠네

어디 그런 날 있었으랴

꽃 피고 새 울며 산 높고 물 맑은 계곡

한 폭의 산수화에

넋 잃으며 그냥 멈춰서니

송알송알 드러내는 땀방울

적당히 쓸어가 주는

부드럽고 달콤한 실바람

흘린 땀만큼 맑아지는 머릿속

쉬려 멈춘 것인지

그냥 멈춰져 쉬는 것인지

웃음 저절로 지어지는데

그림자처럼 뒤따르는 사람

아니 뵈지 않는 그림자 쫓고 있는 사람

확인하려 꺼내든 빛바랜 사진

기뻐하고 슬퍼했던

좋아하고 짜증냈던

아 멈춰진 시간 정지한 산하
깔깔거리며 웃는 해맑은 모습
한 컷의 사진으로 남아 있는데
언제 그런 날 있었으랴
지금은 살아 움직이며
지금에서 사라지는데
아 어디 그런 날 있었으랴
심장에 도장 새겨졌던
어디 그런 날 있었으랴

이미 있었다

내가 보았을 때 당신 이미 보고 있었다
내가 들었을 때 당신 이미 듣고 있었다
내가 느꼈을 때 당신 이미 느끼고 있었다
내가 알았을 때 당신 이미 알고 있었다
아 무지(無知)의 터널을 빠져나왔다
이젠 어느 수준됐다 자부하려는 순간
넘어설 수 없는
등장한 다른 어떤 것
혼란과 혼돈
그리고 더불어 오는 좌절
온통 뒤범벅되고 있을 때
이미 당신 그 주변 어딘가 자리잡고
슬며시 미소 보내고 있었고
아무리 알고 또 알려 하고 있어도
이미 당신

닻 내리고 있었다
나아졌다는 생각
알맹이 없는 포장지되어 버리고
더 나아지겠다는 생각
껍질로만 단단히 재포장되고
차라리 그냥 있자고
고개 숙이는 나 다독거리려는 순간
또 다시 나아지려 기웃거리고 있었다
당신 이미 있는데도

당신 못됨이 잘됨보다
먼저 떠오르는 건

당신하면
못됨이 잘됨보다 먼저 떠오르고
그 못됨 더욱 포장하여
뒤에서 더 깔아뭉개고
둘 셋이 의기투합하면
잘근잘근 씹는 맛좋은 안주 되고
그 못됨 더더욱 커지는 눈덩이 되고
나 없는 다른 곳에선
내가 안주되는 줄 모르고

왜 그럴까
당신 못됨이 먼저 떠오르는 건
천성도 문제요
질투심도 문제요

이기심도 문제인데

더욱 더 문제는
당신하면
못됨이 잘됨보다 먼저 떠오르는 건
그런 못됨
애당초 내게
먼저 자리하고 있어서이지

사모곡(思母曲)

어머님 곁을 떠난 적이 없습니다

결혼 전 30년 결혼 후 25년

언제나 곁에 계셨지만

계신 줄 몰랐습니다

앞으로도 계시겠지만

계신 줄 모를 겁니다

아니 흔들림 없이 너무도 굳건히 계셔

몰랐을 겁니다

아버님 생전엔 아버님 뒤

작고하신 뒤론 제 뒤

계시면서도 안 계신 듯

안 계시면서도 계신 듯

그렇게 사셨습니다

아니 항상 보이지 않게 앞에 계셔

뒤에 계셨다 생각했을 겁니다

누군가 회한 없겠습니까

누군가 단 한 줌 미련 버리고 싶겠습니까

가시는 길 하루 세끼 못 드시고

저와 처에게 짐 지우시지 않으려고

모든 것 버리시고

모든 것 안으시고

적막한 시각

소리 없이

고요하고 정갈하게

혼자 가셨습니다

고요히 흐르는 강물처럼

잔잔히 스치는 바람처럼

때론 홍수처럼 때론 폭풍처럼

그렇게 사시고

또 그렇게 가셨습니다

아버님 곁에 묻어드리고

한숨 내뱉으며 잠깐 올려본 하늘

청명하여 손 시려웠고

어디선가 불어온 산바람

저와 처와 어머님 무덤 부드럽게 감싸며

저도 다음이라 살며시 전해주며

아버님 쪽을 휘감고

능선 너머로 사라졌습니다

희미해진 아버님 기억 되살리고
희미해져갈 어머님 기억 남기며
남은 생
지혜롭게 살라는 말
해주지는 않았지만

육바라밀(六波羅蜜)

무엇이든 정성을 다해

조건 없이 베풀라는 보시(布施)바라밀

어리석은 생각 없이

정중하고 겸손하게

뭇 약속 지키라는 지계(持戒)바라밀

욕됨이나 칭찬이나

인내하고 용서하고 좌절하지 않고

겸허하게 받으라는 인욕(忍辱)바라밀

끊임없이 노력하고 부지런히 자각하고

피안(彼岸)으로 일로(一路)하라는 정진(精進)바라밀

고요히 한 곳에 집중하고

마음 가라앉히라는 선정(禪定)바라밀

분별 떠나 진리 직관하고

깨달음 갖으라는 지혜(智慧)바라밀

이해조차 못하면서 그저 펜대만 굴리고
마음 아닌 입으로만 되새김질 하여봄은
흔들리는 상념 혹시 잡을 수 있을까
뭐 하나 건질 수 있을까
앞으론 좋은 일만 생기겠지
허나 그건
몸부림치는 이기(利己)의 미련
하여 잠시 가졌던 허망된 생각
육바라밀 앞에
던져놓습니다

일주문 언덕에 올라

일주문 언덕에 올라서면
반달의 외로운 그림자 길게 하품을 하고
방범등 붉은 빛 사이로 서러움 눈물 훔치면
철없는 그리움은 졸리운 눈 비비며
슬며시 별 하나 건너 건너마다
마실을 떠난다

머지않아 흰 눈이 내리면
오랫동안 당신이 보고 싶을 겁니다
마음 하나 버리지 못하고
지워지지 않는 그리움은
바로 나의 아픔입니다
미안합니다 홀로 떠나서

- 한민범(2011년 가을. 문자로 보내준 마음)

누구나 얘기하지

누구나 얘기하지

세월 속 셀 수 없는 단상들을

어둠 흔적 없이 새벽으로 말끔히 도배되면

아련한 아지랑이로 사라지지만

누구나 얘기하지

말로 하지 못하는 그 많은 면면들을

소리 없는 어둠 속 기어들어가는 포장마차

애절한 사연들 소주 한잔에 사라지지만

촌각 지나면 그런 줄 알면서도

지금 알맹이 필요 없는 진상 쫓으며

오늘이 하루인가 하루가 십 년인가

지금 지나고 십 년 지나가도

긴 역사 아침되면

다시 도돌이표

당신은 진실했어요 그 척도 맞추려 어느 정도 가식적으

로 대했죠 당신 진솔함에 빠져들었지만 그 정화작용에 당분간 통제당하고 있었죠 약발 떨어지면 질수록 스스로 파논 구덩이에 더욱 빠져들고 가끔 그리고 더욱 조금씩 더 강한 약 처방을 기대하면서도 그 모습 오버랩되며 사라지는 영화 한 장면처럼 가물거리며 기억 없이 스러져가고 있었죠

새로운 것 새삼스런 것 신기한 것 모르는 것
그리고 무언가 조금 부족한 것 같지만
그래도 이것 이었던가
찾던 삶인가 미중의 내 모습인가
자석처럼 맹종에 이끌려
그냥 던져버렸다

그것은 무작정이 아니라 어느 정도 계획된 던짐이었습니다 초반부 당분간은 생각처럼 움직이고 있었습니다 아니 어떻게 이렇게도 내 생각과 똑같이 가고 있을까 이건 아닌 것 같은데 그럴수록 강화되는 자극에 잠시 들었던 잡생각 스러져버리면서 또 새로운데 잠깐은 아닌 것도 같은데 일정 방향으로 끌려들어가는 느낌에 과연 내가 자발적으로 들어간 것인가 하니 이미 난 동질감에서 멀어지고 있었습니다
직접 듣고 본 것만이 진실인줄 알았다

확인사살에 내가 죽는 줄 몰랐다
듣고 본 것 전하는 순간 내 것 아니었다
속으로 삭히면서 난 아니라 부정할수록
내 것 되어 몸짓 불리고 있었다

그럼 어떻게 해요 방법 알려줘요 스스로 깨닫기엔 시간
과 비용 낭비입니다 알려준 방법 초자에게 통하지요 나
름대로 알려준 방법 사용해 봐도 신통력 없네요 정말
신자에요 더 이상 방황하지 않게 해 주세요 한참을 돌
아가지 않고 바로 갈 수 있는 길 어디에 있나요

그건 당신 책무지 당신이 지고 갈 거지 왜 남에게 의지
해 자신 문제 해결하려 하나 그렇게 여러 처방 말해주
었는데 왜 모르시나 스쳐가는 바람 흘러가는 구름 지나
친 잡풀 모래알 같은 시간에 오장육부 다 드러내고 말
하는데 그중 어느 하나 아니 모든 것 왜 잡지 않으시나
누구나 얘기하지 모두 다 다른 사람 탓이라고 막힌 건
당신인데 누구나 얘기하지 누구처럼 잘나가고 싶다고
잘난 건 당신인데 어느 누구 잘난 구석 하나 없나 누구
나 인생 살아가지 그러니 생각 그만 접고 그저 얘기하
세 나만 있으면 된다고 아니 내가 없어도 된다고 그러
면서 누가 누가되는지를 알아가는 것이라네

당신 눈에 비친 내 모습은

난 그런 놈인 모양이다 당신만 생각한다 내뱉으며 속으론 치밀하게 거미줄 짜는 그런 놈인 모양이다 짜증은 지갑 속 지폐처럼 밖으로 나가고 걱정은 잔고 없는 통장에 쌓여져간다 그 와중에 걸리는 아들 놈 돌아서면 왜 했나 하는 아내와의 다툼 눈치 빠른 딸 얼굴 심각해지며 모르는 척 책을 펼친다 전쟁은 빨리 끝날수록 좋은 것 일단 내려진 결정 잘못 되도 가고 있는 것 함정에 빠질수록 허우적거려 수렁 깊어지고 늘어나는 매몰비용 먼저 당신에게 미안한 표정 지으며 화풀이된 화살 애들에게 간다 그래서 난 그런 놈인 모양이다 시험을 앞두며 잠 못 이루는 자식 두고 퍼지게 자면서 짜증에 걱정함을 포장하는 난 그런 놈인 모양이다

당신이 본 난 더욱 그런 모양이다 밖에 일 많다 하며 안에선 빈둥대는 모습 겉으론 거부해도 속으론 인정할

수밖에 없는 현실 불연속의 시간 점프되어 어느 날 그
것도 문득 커버린 아이들 중간에 있다 당당하지 못한
건 밖에서나 안에서나 자리가 없는 것 자리 있는데 갖
지 못하는 것 평생 찾으면서 당신 자리로 오는 것 웃고
있었다 웃으며 있었다 양파 껍질 벗기듯 아무리 보여줘
도 강정 같은 흰 살 아무리 감춰봐도 단감 속 검은 씨
웃으며 자리하려 애쓰고 있었다

질긴 본드처럼 떨어지지 않으려 하는 무의식의 의식에
서 침대에 최대한 붙어 있었다 지루한 장맛비 때문인가
처질대로 처진 몸을 추스르고 참담한 심정 안으로 삼키
면서 반기지 않는 사무실로 육신 디밀었다 쾌쾌한 곰팡
이 냄새 그것이 나에게서 나는 줄도 모르고 제거하려는
의지와 억지로 인사하는 사람들 표정 보지 않으려 애쓰
며 창문 소리내며 열어 제쳤다 지금 의자에 앉는 이유
이미 습관화되어 있었다 '저 것만 없어지면 두 사람은
먹여 살릴텐데' 싸늘하면서도 애정 주는 묘하게 스치는
웃음 받으며 존재와의 싸움에 지친 영혼 반복되면서도
일상 업무로 잊혀져가고 있었다 '오늘 뭐 건수가 없을
까' 그렇게 일상 가고 속으론 반기면서도 일부러 큰소
리치는 둥지로 들어가고 있었다

마음의 언덕에서 당신 눈에 비친 내 모습 처음 형상이

었다 내 눈에 있는 당신 그대로였다 포맷 다시 해도 지울 수 없는 당신 아마 통째로 내가 사라지면 숨겨 놓은 당신 없어질까 나 가도 당신 가고 아이들 나로 조각되어가고 있는 것 한편으론 전철 밟는 것이기에 안쓰러우면서도 무언가 뿌듯한 충만감 당신 눈에 비친 나 못마땅해도 어찌할 건가 어떻게 할건가 거리 걸으며 스치는 바람과 그 여운에 우는 풀잎과 밟고 지나치는 걸음걸이 울지도 못하고 스러지는 건 그런 모양새를 알아차리기엔 이미 걸음을 옮기고 있었고 깨달음은 항시 빠른 것 아니 이미 늦은 것 내가 밑에 있음을 당신 눈에 비친 내 모습은 비춰볼 수 있지만 볼 수 없는 내 모습을

휘파람 일장

불어주던 휘파람 부는 이 듣고 있는 것이었다 혼자 흥
에 겨워 귓가에 맺은 언약 플래시 메모리화 됨은 바람
이기 때문이던가 소곤거림의 고통 다가선 건 아마 듣기
시작할 때부터였으리다 휘파람 소음 강철의 차단막 그
소리 없는 맹렬한 진동 존재함 그 자체 부는 이 듣는 이
에게 한 그리고 들은 맹세 밀어 다가섬 어찌 다 기억되
리요 바라는 것은 자만 내일이란 보장 원해지길 바라는
설계 눈앞 이익에 뱉어내지는 불연속의 연속된 순간 만
남 날숨으로 숱하게 날아가면서도 들숨으로 저장되지
않았다 공간 속 자리 비집고 들어가 있기에 어딘가 있
지만 어디도 없었다 그저 세상에 던져진 것이지만 언젠
가 들숨으로 소리 없이 숨어야 했다

생각 단절화되어 가느다란 실로 애써 연결시키려 하자
쓰레기된 단상(斷想) 혼자 저물어 묻혀간다 생각 생각

낳고 많아질수록 그 고리 엷어지고 이내 전혀 다른 망
상 앞 것들 집어삼킴에 어디서 들려오는 휘파람 일장
애초 없었던 생각이던가 없었던 바람이던가 있지만 잡
을 수 없고 잡지만 잡히지 않고 갖지만 갖지 못하는 사
(事) 그리고 사(思)

그에게 한 말 아니었어요 나에게 준 말 아니었나요 아
이큐 세 자리 낮은 십 자리로 서로 재는 건 셈을 인지하
던 때부터였죠 누구나 이해된 설명으로 무장하여 만만
히 준비하곤 모든 경우의 수를 따져 한 치의 오차도 없
이 나아간 전장(戰場) 거의 도륙(屠戮)되었지요 어느
누군가로부터 그리고 누구에게 그려진 인지지도 정형
화돼 가며 공통에서 빗나가면 정신병자로의 회귀

나 여기 있었다 당신 저기 있었다 아니 나 저기 있었고
당신 저기 있었는가 누군가 여기 있었고 다른 누구 저
기 있었다 누군지 있었다 난지 당신인지 희미한 안개의
기억 속으로 색 바래진다 거기에 안주하였을 때 이미
당신 저기 있었다 아니 당초 여기 있었다 나만 변한 것
일 뿐 당신 여기 있는데 나만 저기로 가고 있을 뿐

하나씩 하나씩 좋아하세요 세상 한 번에 다 가질듯 빠
르게 좋아한다 해도 하나씩 가지세요 한 번에 다 가질

수 있음은 함정이예요 어떻게 살던지 한 세상 때론 누군가에게 방해받고 싶어요 아무리 열심히 사방을 무장하고 더 이상 할 일없을 정도로 놀고 있어도 누군가 봐주지 않으면 허당이예요 열심히 일한 함정 놀이의 함정 빠지면 어렵지요 돌이키기가 지나간 영욕 누가 알아주리요 그러니 그저 가는 대로 가세요 하나씩 천천히 흘러가세요

어스름해짐에 다들 몸을 숨기는 강가에서 흘러 오가며 짙어지고 있는 강물을 보고 있노라 잔잔한 수면조차도 높낮이를 보임에 강가 풀 숨죽이고 또 숨 내쉬며 평균의 높이 맞춰 가는데 세파의 높낮이 맞춰감이 강가 풀보다도 못하기에 긴 날숨 뱉어가며 누구를 탓하리랴 어두어짐은 마지막 주어진 혜택으로 초라한 풀잎 아래로 내 모습을 감춰보려 애쓰고 있노라 강도 휘파람 불고 들으며 조용히 때론 다소 웅얼거리며 흘러가고 있었다 그 누가 소릴 들어주랴 그 누가 소릴 내랴 알 수 없고 알 필요도 없듯이 그저 흘러가고 또 오는 어디에선가의 휘파람 일장

꽃으로 살고 싶었다

꽃으로 살고 싶었다 향기와 모양새로 혼자 지켜보고 싶은 충동 가슴에서 끌어낼 수 있는 꽃으로 살고 싶었다 그걸 알았을 땐 이미 지고 있었다 아니 애초 꽃이 아닌데 그런 척 하고 있었는지 모른다 혼자만 꽃이라는 착각의 우물에서

누군들 꽃에 취하고 싶지 않으리 누군들 꽃 아닌 날 있으리 그 누가 알아주던 말던 가시를 감추고 꽃이 드러나는 순간 전부인줄 알았다 세상 지금으로 영원하리라 줄기의 보탬으로 있음을 망각하는 순간 떨어지고 있었다 꿈에서던가 많은 이들 꽃 꺾고 있었다 꺾여지고 있었다 아름지게 품었던 꽃들 이미 다른 이의 차지였다 줄기 끝에서 용솟음치는 꽃의 자태 떨어진 꽃은 차라리 그런 줄기이고 싶었다 지금이 조금 더 지속되는 헌데 바로 아래 그 아래 또 아래의 다른 줄기 꽃 올라오고 있

었다

당신 너무 멋있어요 그냥 닮고 싶었어요 멋들어지게 마시고 그 환상적 분위기에 모든 잎들 당신 위해 버티는 것이었어요 난 그저 싹수머리 없는 떡잎 누구도 끼워주지 않았지요 초라함으로 그렇게 팽개침 당한 거라 위안으로 포장했어요

시간은 떡잎 큰 잎으로 만들고 그 아래 작은 잎들 벌써 살려달라 하며 스스로 떨어지기를 바라고 있었다 그래도 키워지는 것 아무리 용트림 쳐도 나무의 굴레에서 벗어날 수 없는 것 보이지 않는 아니 너무도 뚜렷이 보이는 울타리 속의 생 먹여주는 돼지우리 속에서 그저 키움을 받는 것 누군가 먹기 위해 즐기기 위해 돌봐주는지 나무는 아나 알겠지

그래도 가슴이 있다면 기다리세요 어차피 먹히고 먹는 것 내가 살기 위해 당신이 살기 위해 보이고 보여지는 것 나비를 맞는 꽃이 될까요 꽃을 찾아다니는 나비 될까요 꿀 열어준 꽃 다른 나비에겐 안 주나요 한번 간 꽃만 나비 찾아가나요

그래도 한번쯤 꽃으로 살고 싶었다 살았다 애써 자부해

본다 그 날이 길기를 바라는 건 누구나 같은 생각 그 날
이 눈 깜박이었다는 건 누구나 같은 마음 그래서 시간
은 지속되면서도 반복되고 그저 꽃으로 한 번은 살고
싶었다

일상 그리고…

매일매일 세상 변해가고 있다 하는데 항상 그대로였다
아니 더 나쁜 쪽으로 가고 있었다 속에서 흐르는 썩은
진물 어제오늘 일도 아니었다 조금만 참으면 버틸 수
있을 것 같이 하루하루가 위태롭게 가고 있었지만 점점
눈앞에서 확대되어 실핏줄까지 보이기 시작하는 다가
오는 위기 새삼스런 것도 아니었다 쾌쾌한 반지하 공기
머리 지근거려도 잘 적응된 기계처럼 어느새 익숙해져
서 전쟁 준비에 부산을 떨고 있었다 수많은 이들과의
혼자 전투 애절한 아이의 준비물 패하지 않고 내일 챙
겨주기 위해 오늘 얼마의 전과를 얻어야 하나 계산되고
있었지만 확신은 이미 멀어지고 있었다

어수선한 여명 속으로 흔적들이 하나하나 보이기 시작
했다 초조함까지 접은 모습은 양보의 미덕을 불러내고
있었지만 순간의 판단이 하루의 가족을 책임짐에 얼굴

은 철판으로 도배되어 있었다 얼마 만이던가 어렵사리
간 곳 배터리 다 된 기계인양 더듬거림에 이미 객관화
된 퇴물로 쌓여져 버려지고 있었다 내몰아치지 않으려
는 발버둥침 이미 알고 있었다 생각과 행동 모두 비벼
지는 콘크리트로 같이 굳어지며 형상 애걸함으로 찍혀
지고 있었다 바라보는 이 너도 이미 정형화된 틀에 갇
혀 살을 깎고 있구나 그 깎임 많아질수록 모습 더욱 예
술화되고 종국엔 내면의 삶 없이 겉만 번드르해지겠지
매일 변해도 변함이 없고 항상 생각해도 생각 없으며
뒤를 기약해도 기약 없음에 항상 그대로 그 자리 누가
있어도 항상이었다 찌들어 가는 아우성 찌든 이도 들을
것인가 아무리 있다 해도 모자람도 있는 것 세상에 나
와 존재화되었는가 어디엔가 있는데 그 어디에도 없다
소주 한 잔에 회한을 넘기고 변치 않을 내일 두려워 차
라리 눈감고 세상 출렁거림은 알코올 기운에서인가 세
파에 내던져진 쓸모없는 낙엽의 뒹굴림에서이던가 그
러면서 일상 그리고?

후기

지금까지 있어 왔던 모든 것들이 차후에 존재하지 않는다는 점에 있어서는 처음부터 없었던 것과 같다고 한다면, 그리고 '시간이 가치를 소멸시킨다'는 Horace의 말을 따른다면, 나는 비존재, 비자유, 그리고 비본질에 내팽개쳐져 있을 것이다.

그러면서 '내가 나 자신을 위해 존재하지 않는다면, 누가 나를 위해 존재하는가? 그리고 내가 다른 사람들을 위해 존재하지 않는다면, 나는 누구인가? 현재 그렇지 않다면, 언제 그러할 것인가?' 하는 Rabbi Hillel의 패러독스가 또 다른 나를 지배하고 있다.

'… 나를 묶고, 혹은 나를 풀어주는 이 모든 부자유, 비본질을 사랑하지 못했음을 참회하며 걷는다.… 삶이 사소함과 우연에 얽매인 것임을 깨달으며 취하고… 시간은 흐르지 않고 모든 비본질의 노예인 우리가 온갖 우연과 사소함으로 출렁이며 흐른다.… 아아. 나는 왜 이렇게 따뜻하게 무작정 허물어지고 싶은 걸까? 침묵

에 이르는 병과 근시안경을 버리고 나는 잠시 무언가를 소망하고 싶다….'

장석주의 '완전주의자의 꿈'. 그리고 그를 잠시 만났던 1982년 겨울이 기지개키며, 아주 가느다랗고 있다고 조차 느낄 수 없는 감성이란 바이러스가 실핏줄에서 가끔 무의식적 아니 무작위적으로 자맥질하고 있다. 그렇다. 지금도 흔들리고 있음은 감성과 이성의 잣대가 서로 주인이라고 주장하면서 나를 지배하려 하고 있기 때문이리라. 표출되는 감성을 이성으로 조절하고, 논리적이고 합리적인 냉철한 이성을 감성이란 물로 적셔줄 수 있는 여유를 가질 수 있을까? 이성적으로 살아오는 길에 감성이 서려있게, 생각 아닌 마음에서, 아니 생각하는 마음에서 이제는 내려놓아야겠다.

그러니 이젠 말이 되던 되지 않던 시를 써야 할 시간. 세속에 묻혀버린 마음과 생각과 행동을 시로 털어내며 감성을 끌어내야 할 시간. 공들여 맹세한 모습을 확인하기 바빴기에, 존재는 더욱더 스러져가며 허공에 뱉은 날숨처럼 흔적 없이 사라진다. 생존의 기준에 맞추려 애쓰는 숨 가쁜 일상에서 과연 어떤 척도, 어떤 규범, 어떤 이성과 감성으로 살고 있는가? 애초에 자만 덩어리였기에 형상은 점점 초췌해지고, 해서 이젠 어떻게든 시를 써야 할 시간. 지난날의 부작위조차도 퍼즐처럼 맞아떨어지는데, 이젠 커다란 나무의 속마음과 그 바름을 배우며 빛나지 않는, 참 빛은 빛나지 않는(眞光不輝), 나무로 자랄 씨앗을 뿌려야할 시간. 인욕(忍辱)을 내려놓으며 시를 가슴에 그냥 묻어야할 시간.